# СТАРИК-ЧАЙКА &
# ИДУЩИЙ ПО КРОМКЕ ПРИБОЯ

История, которая случилась на самом деле.

Повесть

## Майкл Перротта

Перевод с английского Хомутовой Н.С.
*THE OLD SEAGULL & THE TIDE-WALKER (2013)*

СТАРИК-ЧАЙКА & ИДУЩИЙ ПО КРОМКЕ ПРИБОЯ,
издание в мягкой обложке 2020.
Soft-cover

ISBN: 978-0-9992842-6-1

Для получения дополнительной информации о специальных скидках на оптовые закупки, пожалуйста, свяжитесь с нами:
**info@belluccipalmscarmichael.com**

Обложка: картина Кармелы Де Фалько

Bellucci, Palms & Carmichael Publishing, LLC


**www.belluccipalmscarmichael.com**

# Благодарности

переводчику.

Я хотел бы поблагодарить
Надежду Хомутову за перевод повести на русский
язык.

# Благодарности

Я хотел бы поблагодарить моего учителя, редактора и друга Джеффри Коэна, который сделал это путешествие возможным.

Особая благодарность моей преподавательнице итальянского языка Симоне Парри, моему брату Энтони, моей сестре Кармеле и моему другу Шаннире Тан за их внимательное чтение.

*... и моей Музе.*

# 1

Не могу вспомнить точный день – где-то в середине июня. Хотя, если подумать, это было тринадцатое июня. Как я мог забыть?! Мое счастливое число... иногда.

День был ясный и сухой, ни облачка на небе – обычная погода для Сант-Эральдо, курортного городка в Южной Калифорнии. Я перебрался туда два года назад из Джерси Сити – крупного мегаполиса на восточном побережье.

Приехал, чтобы воплотить давнюю мечту, которая не давала мне покоя со времен юности. Стать художником... Мечту, почти погребенную под другими обязательствами, ответственностью и необходимостью.

~

И вот, шесть месяцев спустя после переезда, я – в арендованном лофте на пятом этаже элитного здания.

Лазурно-голубое строение своей формой напоминало океанскую волну. Каждая квартира с панорамным видом на сто восемьдесят градусов с балкона. Я чувствовал себя очень комфортно в таком месте. Двойные окна отсекали все внешние шумы. Внизу вдоль улицы – аллеи пальм и молодых дубов. Идиллия. Когда я поднимал шторы, закатный свет заливал всю квартиру. Настоящий артистический лофт... столько воздуха и света... идеальное место для осуществления моей мечты.

~

Очень скоро я понял, что все будет не так просто, как я надеялся. Я наивно представлял себе, как наедине с самим собой я, наконец, найду умиротворение, и все то, что так долго копилось во мне, станет красками на холсте.

Но даже на другом краю континента привычное беспокойство о нуждах семейных, заботы о бизнесе, ощущение слабости моего тела – все это тяжелым грузом лежало на душе.

Я был для всех материальной опорой, и хотя теперь пришел мой черед исполнить давнюю мечту, мне никак не удавалось освободиться от прошлого.

Я не находил покоя. Каждую ночь, засыпая, я возвращался в застарелую суету.

~

Был предрассветный час того дня – тринадцатого июня. Я чувствовал себя особенно смятенным. На ковре уже виднелась тропинка, протоптанная моими беспокойными шагами.

Мне казалось, будто что-то зовет меня. Сам не понимая зачем, я вышел на балкон. Легкий бриз приносил запахи Тихого Океана.

Вдалеке я увидел летящую чайку – белый светящийся росчерк на фоне неба цвета индиго.

Я подумал: 'Как красиво...'

Но едва приглядевшись, рассмеялся про себя. Эта птица так странно хлопала крыльями, взлетая то вверх, то в сторону. Казалось, она сражается с ветром.

Она так старалась найти подходящий поток, который большинство чаек ловит с легкостью.

Достигнув высоты моего балкона, чайка была теперь футах в двадцати от меня. Мне показалось, она знает, что я на нее смотрю.

Быстрым движением головы она звала меня следовать за собой.

'До чего странная птица,' – подумал я.

Она наконец поймала поток ветра под крыльями, который теперь уносил ее в сторону океана, и наслаждалась парением.

Я не придал особого значения этой неожиданной встрече, однако мое беспокойство как-то улеглось.

Я вернулся в комнату, улегся на постель и, наконец, заснул.

Проснувшись, я с удивлением обнаружил, что проспал до двух часов дня.

У меня оставалось немного фруктов и йогурта, я решил, что успею еще, как обычно, принять солнечные ванны. Я приготовился выйти.

Это уже стало ритуалом: я облачился в плавательные шорты, футболку, кепку и шлепанцы. Взял большое разноцветное пляжное полотенце и несколько лосьонов с разной степенью защиты от солнца (я сгораю как белый хлеб в дешевом тостере).

Наконец, бутылку воды, этюдник с масляными красками, кистями и палитрой, холст и мольберт – все это я уложил в специально заказанный рюкзак.

Пляж был всего в шести кварталах от дома, так что я решил пройтись. Когда я пересекал эстакаду, которая поднималась аркой над скоростной автострадой Пасифик Кост Хайвэй, я увидел сотни чаек, в неистовстве охоты за пропитанием. С моей обзорной площадки я хорошо видел, как они ныряли, сражаясь друг с другом за мелкую рыбешку.

Другие пронзительно кричали над несколькими кусочками еды, брошенными на берег двумя мальчишками, которые забавлялись, глядя на обезумевших птиц. Казалось, они везде, эти неугомонные чайки.

'Человек человеку волк, а чайка – чайке. Ничего нового.' – подумал я.

Моя ноша сделала прогулку несколько утомительной. К счастью, мое любимое место оказалось незанятым.

Я осмотрелся вокруг, разглядывая людей, детей, что играли с набегающей на песок волной.

Устроил все в своей обычной манере – художественные принадлежности аккуратно разложены передо мной.

Но я не мог положить первый мазок краски на холст.

Майкл Перротта

# 2

Март, четыре года назад – я попал в больницу Ньюарк Дженерал, где мне должны были сделать операцию по тройному шунтированию. Доктора не могли объяснить, почему мой случай оказался настолько сложным, но он был именно таким.

Они сказали Хелен, моей жене: "...Будьте готовы к худшему."

Уже больше сорока пяти лет она была моей спутницей.

Она все твердила: "Я не могу потерять тебя, Мик. Это слишком скоро..."

Мне было 75, ей – 69. Думаю, ей представлялись по крайней мере пятнадцать одиноких лет впереди.

Спустя несколько месяцев в мою аорту и почечную артерию были помещены стенты . Я был совсем близок к смерти, и еще долго здоровье мое оставалось ненадежным. Но потом даже это изменилось.

Временами я жалел, что не умер на том операционном столе.

Я был настолько поглощен новым ощущением собственной хрупкости, что не заметил ухудшения здоровья самой Хелен. И это она первой оставила меня, прими Господь ее душу. Если небеса существуют, готов спорить на что угодно – она там. Если уж для кого-то есть там место, то для кого, если не для нее?

После стольких лет вместе, я стал считать присутствие Хелен чем-то само собой разумеющимся. Никогда себе этого не прощу! Она была большой любовью моей жизни; матерью моих детей, верной подругой во времена испытаний и сомнений. У нее всегда находились силы на доброе слово поддержки, даже в те трудные годы, пока наши дети были совсем малы.

Эти последние месяцы у изголовья Хелен, чувствуя, как беззвучные рыдания переполняют меня, я стал ей самым преданным другом и неотлучной сиделкой. Я думал – все мои молитвы и, наконец-то, безраздельное внимание заставят ее поправиться. Я действовал так во всем: выковывая кусок за куском и приваривая части вместе, удерживал цельной свою жизнь. Я надеялся, что своей неустанной заботой смогу исцелить Хелен. Но я не смог.

В одну из последних ночей, в полубреду, после того как медтехник откачал жидкость из ее грудной клетки, Хелен вдруг стукнула меня в грудь обессиленным кулаком и неожиданно ясным голосом произнесла: "Тебя никогда не было рядом." Ни одной живой душе не рассказывал я об этом.

Больничный свет придавал ее лицу мертвенную бледность. Я не отпускал ее руку и время от времени, наклоняясь вперед, прижимался щекой к ее лбу.

Когда Хелен в конце концов сдалась, и только аппараты поддерживали ее жизнь, необходимость ежечасно принимать мучительные решения сокрушила меня. Что я мог решить, что я мог поделать?

Я был типичным представителем мужского мира и оказался неспособен справиться с грузом эмоций, что на меня обрушился... пока не повстречался с другом.

~

Долгие годы я был занят построением и развитием TriCom Welding Supplies, Inc. - компании по продаже сварочного оборудования. Вместе с моим партнером Джоном мы старались сделать наш бизнес жизнеспособным и успешным. Борьба была нешуточной, и я до сих пор не уверен, что оно того стоило. Но по-крайней мере это обеспечило обеим нашим семьям более чем крышу над головой.

Временами это было совершенно изматывающим. Помню, когда у нас появился первый настоящий склад в промышленной части города на Коммунипоу Авеню, сразу за Хадсон

Бульваром. И хотя мы были, естественно, горды собой, это полностью вычерпало лимит нашей кредитной линии.

Со Дня Благодарения и до марта запасы на складе значительно превосходили спрос, но весной и летом мы сумели покрыть убытки. Эти сезонные отливы и приливы тяжело сказывались на мне.

Несколько лет назад, когда мне уже было далеко за пятьдесят, и я был весь погружен в тяготы расширения бизнеса, к нам пришла местная художница Максин Уэлленс. Ее специализацией были огромные, пронизанные воздухом скульптуры из металла.

Она пришла, чтобы купить редукторы для кислородных и ацетиленовых баллонов, горелки для резки железа и множество нагревательных и сварочных насадок.

Ей нравилось работать с железом, потому что, ржавея, оно приобретало то, что она называла "патиной жизни."

Все это тяжелое оборудование, которое обычно мы продавали подрядчикам и строителям, понадобилось Максин для нового заказа. Она должна была сделать большую серию огромных скульптур-мобилей для фойе новой штаб-квартиры успешно развивающейся независимой нефтяной компании.

Она сказала мне, что, безусловно, не сможет сама заниматься сваркой огромных кусков, к тому же большинство оборудования было новым для нее. Максин интересовалась, не смогу ли я помочь ей с расположением и сваркой основных частей.

Она сказала: "Компания предоставила мне весьма щедрый бюджет."

Я ответил, что стоимость оборудования покрыла уже все затраты и другого вознаграждения мне не нужно, и я буду очень рад помочь ей. Проект должен был занять около двух месяцев.

У Максин были потрясающие истинно ирландские огненно-рыжие волосы. Светлая кожа, изумрудные глаза, полные губы и влекущая улыбка, тонкое и гибкое тело... редкая красота.

Время, проведенное рядом с ней, оказалось настоящим оазисом радости.

Я был ею очарован, влюблен, и более того – я завидовал.

'Она следует за тем, что у нее на сердце, в то время как я скован нуждами компании.'

Почти позабытые и глубоко запрятанные мечты благодаря ей стали неудержимо пробиваться на поверхность. Максин (я до сих пор вспоминаю ее с признательностью) убеждала и вдохновляла меня вновь взяться за кисти.

~

Мои дети выросли и обзавелись собственными семьями.

Старший сын Питер со своей женой переехали в Вилмингтон, штат Делавер, где Питер работал бухгалтером в штаб-квартире известной компании, выпускающей кредитные карты (я не выношу ее имени), что разрослась в этом городе. Альфред, мой внук, как раз заканчивал колледж.

Джойс, моя старшая дочь, всегда отличавшаяся свободолюбием, переехала к Харольду, своему новому кавалеру, и жила в старой части Нью-Йорка, известной как Вилледж.

И конечно, Джейн, моя младшая; они с мужем решили остаться в Джерси Сити, пока их дочь Джасмин не закончит последний год в Снайдерской Старшей школе.

А поскольку дети разлетелись по разным штатам, мое решение переехать на запад не было таким уж безрассудным.

Все дети унаследовали характер их матери – ее щедрость и заботливость. Поэтому, когда я объявил наконец о своем переезде в южную Калифорнию, они все были встревожены.

Каждый из них звал переехать к нему, особенно Джейн. Но я все же хотел некоторое время пожить на западном побережье.

Я сказал им, что в моем списке желаний это стоит на первом месте, и пришло время его осуществить. К тому же, учитывая ненадежность моего сердца, вероятно, это мой последний шанс сдвинуться с места.

И в конце концов, им пришлось уступить.

~

Джейн, больше всех похожая на мать, посчитала нужным предупредить меня, что Джон, мой партнер, совсем не рад моему уходу из бизнеса.

"Папа, он позвонил мне, просил убедить тебя остаться еще на пару лет. Он совсем вне себя. Ты, конечно, в своем праве, и я полностью поддерживаю твое решение удалиться от дел. Хочешь, я сама с ним все улажу?”

Я сказал ей, чтобы она не беспокоилась, и что я приготовил для него очень щедрое предложение по выкупу моей доли.

Несмотря на это, я чувствовал некоторые угрызения совести. Я прекрасно понимал, в каком непростом положении окажется Джон. Он был на семнадцать лет моложе меня и не мог пока позволить себе оставить бизнес.

Он сделался придирчив, а иногда и вовсе совершенно невыносим.

После встречи с Максин я стал посвящать живописи все больше времени, это становилось моим настоящим хобби.

Когда я повесил первую картину в своем офисе, Джон сказал: “Как-то это очень по-любительски, Мик. Мне кажется, это не твое.”

Я онемел. Никогда раньше он со мной так не разговаривал.

Но он не остановился на этом: “Ты, конечно, делай как знаешь, только время уходит, а ты его даром тратишь. Я имею ввиду, почему бы тебе не переехать в Брик Тауншип? Поближе к внукам, даже если тебе сейчас, кажется, и все равно?”

“Это мои семейные дела и, как друг и партнер, я обращусь к тебе за советом, когда он мне понадобится,” – ответил я.

“Нарисуй что-нибудь и мне домой, мне надо в цокольном этаже что-то повесить – будет о тебе память. Я даже дам тебе сорок два бакса, без торговли."

Погребение в подвале моего произведения как символическое погребение меня самого – это ранило в самом деле.

Я знал, что я не настолько плох. Разумеется, не Рембрандт, но все же какой-никакой талант у меня был, хотя, должен признать, пока не раскрытый.

Наконец Джон согласился на мое предложение, и мы все уладили.

Я продал дом, разобрался со всеми прочими долгами. Выделил некоторые суммы в подарок внукам и отправился прочь, в Сант-Эральдо – сонный маленький городок на пляже, чуть севернее Малибу.

Может быть, сумею закончить холст-другой, пока не осяду, обессиленный, на песок.

# 3

Однако, я все не мог начать, вдохновение ускользало от меня.

''Должно быть, я действительно не создан для этого, и Джон был прав.' Эта раздражающая мысль проигрывалась снова и снова. Оживление первых дней сменилось сожалениями и чувством вины.

'Какое право я имел приезжать сюда? Я должен был прислушаться к ним, я – эгоистичный старый дурак!'

Иногда на целые дни чувство вины отступало.

Я трудился в поте лица, чтобы построить свое дело, я заботился о Хелен и обеспечил детям образование, всегда рядом, когда они нуждались во мне. Я был хорошим добытчиком.

День за днем я не знал, какое настроение будет сегодня доминировать. Чувство смутной вины сменялась острой тоской, и так снова и снова.

Неожиданно накатывали воспоминания о Максин.

Чтобы освободить голову от всех этих мыслей, я устроился на своем большом пляжном полотенце, которое аккуратно расстелил на песке.

Я осмотрелся и с новым интересом стал разглядывать чаек. Для них шум и суета были в порядке вещей. Я искал покоя, но разве возможно найти покой под их неослабевающий гам. Казалось, они ополчились друг на друга, набрасываясь на того, кому удавалось схватить кусок побольше.

Я вытянулся на полотенце и с чувством благодарности погрузился в сон.

Но и во сне видел лишь мельтешение лиц и мест из своего прошлого. Мой повторяющийся почти кошмар: будто я нахожусь в самолете, который, уже взлетев, не может набрать высоту из-за бесконечных телефонных проводов и водяных шлангов, что опутывают его как паутина.

Я просыпался совсем разбитым.

Несколько дней уже повторялся один и тот же сценарий. Я отправлялся на пляж, там впадал в дрему и соскальзывал в смутные и неразборчивые видения прошлого.

А чайки продолжали свои занятия, сражаясь за немногие остатки еды на песке.

~

Но в один из дней в середине июня я проснулся и увидел старика-чайку, серого и серебристо-белого, направляющегося ко мне. В метре от меня он остановился.

Поворачивалась только его голова, когда он, быстро взглянув в сторону, снова пристально смотрел на меня, пытаясь, кажется, получше разглядеть. Тогда он ненадолго замирал. Несколько раз он повторил этот почти танец: кивок головой вверх-вниз, потом в сторону и остановка, внимательный взгляд на меня одним глазом.

Я в ответ уставился на него так пристально, как мог. И не без любопытства.

Не знаю, что на меня нашло, мне захотелось заговорить с ним. И я сказал: "Привет, Чайка."

И был поражен... потому что он ответил мне: "Привет, Человек."

От неожиданности я почти скатился со своего полотенца.

'Ну вот и оно. Приплыли. Чертова птица говорит со мной,' – сказал я про себя.

Еще на несколько шажков он подошел ближе... Думаю, теперь он был в полуметре от меня. Он казался совершенно уверенным в себе.

Он сказал: "Кажется, у нас обоих зубы изрядно поистерлись, мистер."

"Ну, это преуменьшение. Мне семьдесят девять, и счетчик давно уже отсчитывает одолженное время. А стертые зубы давным-давно выпали."

Он будто прочел мои мысли, ответил: "Точно. Соль с перцем, как и я, одинокий старый чудак на пляже, как и я..."

Что правда, то правда – одинокий, нелегко в этом признаваться даже самому себе.

Потом он добавил: "Эти там готовы гоняться за недожеваным хот-догом день напролет. Я их не сужу, но как по мне, я лучше голодным... сам по себе.”

“Хочешь знать про меня... последние сто восемьдесят дней? Я просыпаюсь, справляю нужду, принимаю душ и бреюсь, надеваю плавки и футболку. Спускаюсь сюда. Стелю полотенце... очень аккуратно. Никогда не захожу в воду. Смотрю на молодых, почти обнаженных женщин, с которыми я никогда не познакомлюсь. Встаю, возвращаюсь домой. Ем. Ложусь спать. Прополощите и повторите. Так что не рассказывай мне об одиночестве, старая чайка.”

После долгого молчания старая птица сказала: “Да, но все мы здесь неслучайно, неважно, насколько циничны и дряхлы.”

‘О нет, чайка-философ!’ – сказал я про себя.

Он продолжал: “Мир не был создан для безучастного наблюдателя. Мир – это пир, на столе разложено все, что только может пожелать птица. Разве не будет оскорблением для хозяина, если мы откажемся принимать участие?”

“А, Хозяина. Вы что же, чайки, верите в бога?”

“В бога?”

“Ну да, Бога.”

“Что такое – бог?”

“Ну, знаешь, БОГ?”

“Нет, не знаю. Я не знаю, что означает это слово.”

“А, понял. Как бы тебе объяснить?”

“Если можешь, попробуй. Я никогда не мог уловить смысл. Не могу представить, зачем бы он был нужен.”

“Он Всемогущ и Вездесущ.”

“Не понимаю.”

“Он тот, кто создал все. И твой пир! Тебя, меня, все вокруг нас.”

“Единственное, что я знаю, – это великий ветер, могучий океан, разнообразие песчинок. Я даже знаю падающие звезды. Но это все, что я знаю.”

“Ну вот, Бог – тот, кто создал все это.”

“О, как интересно. А этот бог все еще создает, или он уже закончил создавать?”

“Откуда мне знать?”

“Я не знаю, но ты, кажется, так уверен во всем этом. Я думал, тебе все ясно, чем он занят.”

Я задумался ненадолго, кажется, поймал мысль, потом спросил сам себя: “И как я должен объяснить все это старой чайке?”

Он настойчиво продолжал расспросы: “И зачем это все нужно?”

“Многим людям это дает смысл жизни.”

“А остальным, они живут без смысла?”

“Нет, конечно, но все же...”

“Что все же?”

“Некоторым, когда одолевают страхи, Он дает им силу, чтобы жить и двигаться вперед. Дает нам надежду, что все будет хорошо.”

“Люди – странные. Я пытаюсь понять, вам нужен ваш бог, когда вам страшно?”

“Нет. Не только. Он дает нам силы, чтобы жить дальше.”

“Значит без него вы не можете жить?”

“Снова нет. Как бы мне объяснить тебе? Он рядом, когда мы нуждаемся в нем.”

“А, понял. Он – удобство?”

“Нет. Он не удобство. Все становится возможным, если мы верим в Него.”

“Значит, пока вы верите в него – он с вами, и все будет происходить так, как вы хотите.”

“Не обязательно. Все не происходит именно так, как нам хочется.”

“Я запутался. Откуда тогда с вас такая нужда в нем?”

“Чтобы научить нас любви друг к другу. Чтобы найти гармонию внутри нас и привнести ее в мир вокруг нас.”

“Ааа. Я начинаю понимать тебя!”

“Да. Вот поэтому мы веруем в Него.”

“Я не знаю, как это – ‘веровать’. Но у меня есть вера.”

“Веровать, верить – какая разница?”

“Веровать – значит быть уверенным, знать наверняка. Верить – значит тянуться сердцем к чему-то незнаемому.”

Я воспринял его слова по-новому. Не обдумывая.

Но вслушиваясь снова и снова... вера, неопределенность... впитывая все это. И мой ум, в первый раз за очень долгое время, успокоился.

“Видишь ли, мы – чайки, мы находим ветер, а ветер находит нас, и мы парим.”

“Хотел бы я найти тот подходящий ветер и лететь с вами.”

“Я не оцениваю ветер, я принимаю его, как он есть – поток.”

“Поток?”

“Поток ветра, что поднимает нас ввысь, поток под волнами, что несет нас к рыбе.”

“Течения!”

“Именно, это на потоки мы опираемся, это то, что мы знаем.”

“Мне кажется, я понимаю все это, но всегда так трудно – уловить ветры и течения жизни и довериться им.”

“Да. Я замечал это в людях. Помнишь, какого труда мне стоило удерживаться рядом, когда ты стоял на своей домашней скале?”

“На моем балконе! Это был ты?”

“Конечно. Звал тебя с собой. Но ты помнишь, как я боролся с потоками ветра?”

“Да. Это было довольно... комично!”

“Человеческие существа вообще довольно забавны, когда они стараются нащупать свои крылья. Но что касается вас, само это усилие я считаю совершенством!”

“Как это?”

“Вы уже почти не часть природы. Вы были когда-то, теперь же вы покрываете себя разными цветами, передвигаетесь на железных колесницах и живете в неподвижных коробках. Но при этом стараетесь быть естественными, и это удивительно и совершенно в своем роде.”

Его слова были такими простыми, но в то же время такими выразительными.

Все, что я смог произнести, было: “О, мой...” Потом, спустя некоторое время – осознание: “По части стараний... полагаю, мне могут проститься некоторые неудачи, срывы и сожаления – потому что в стараниях не было недостатка.”

“Мне кажется, ты начинаешь понимать, друг мой.”

“Я только надеюсь, что смогу удержать эту мысль, схватиться за нее.”

“Ты не можешь схватить ветер. Ты чувствуешь его, ощущаешь под крыльями, всем телом. Доверяешься его объятиям.”

И я прикрыл глаза, прислушиваясь к тому, как солнечные лучи поглаживают мое лицо. Чувствовал легкий бриз, соленую дымку, что приносили океанские волны.

Мое старое тело утратило былую подвижность, но все же не способность ощущать.

“Прекрасно. Взгляни на себя сейчас – вот что нас связывает. Сегодня мы будем спать глубоко и спокойно. Мы откроем глаза перед самым рассветом и насладимся роскошью пира. Я приму дар рыбы, а ты – свой хлеб с благодарностью; и когда мы полетим и пойдем, и будем видеть и касаться вещей клювом или пальцами – наша радость будет полной.”

“Мы скоро...”

“Мы снова встретимся очень скоро... Я обещаю.”

Я смотрел как он взлетает, зависает над волной, поймав свой поток ветра.

Я парил там вместе с ним.

# 4

Я решил купить несколько книг, немного необычных для себя. Когда у меня находилось время для чтения, в основном это была научная фантастика, исторические романы и технические книги, связанные с моим бизнесом. Полдюжины книг, что я приобрел теперь, были посвящены духовности, восточной философии... названия, которые Джейн часто уговаривала меня, а я гордо избегал читать. Я подумал, почему бы нет? Может быть, сейчас самое время нырять, учитывая, сколько дней мне еще осталось.

Воспоминания о говорящей чайке не оставляли меня.

Несколько раз ходил я на пляж, разыскивая его, но он не показывался. В последний раз я забыл свой крем с защитой SPF 40, решив, что ничего страшного, и в итоге сильно обгорел на солнце. В ближайшую неделю – никакого пляжа.

Так что я отсиживался в своей квартире и читал Ошо, Кришнамурти, Рам Дасса, Томаса Мертона. Я был совершенно поглощен всем этим. Вдохновлен! Вот где были мои ответы. Я даже обдумывал, не удалиться ли мне в монастырь траппистов в Испании. Или отправиться на восток в Китай, или Японию, или Таиланд.

Почему я не отнесся серьезно к этим сокровищам пятьдесят лет назад?

Я съездил в книжный магазин за Лао Цзы. Да и запасы еды надо было пополнить – последние два дня на обед была овсянка с горстью изюма.

Когда я загружал пакеты с покупками в багажник машины рядом с новой стопкой книг, я был захвачен зрелищем необыкновенного заката. Солнце казалось огромным, как будто нарисованным на холсте художника. Медное и оранжевое излучение от огромного шара. Те же цвета отражаются в водах океана. Я понял вдруг, что всегда воспринимал красоту как должное, а мистики, которых я теперь читал, относились к ней как к источнику вдохновения.

Это было открытием для меня, но я надеялся приблизиться к их восприятию мира, продолжая читать. Может быть, это поможет мне, станет "ключом" к живописи?

Добравшись до дома, я, не разбирая, сложил покупки на стол, устроился в кресле и открыл Лао Цзы на случайной странице, чтобы посмотреть, что мне скажет старый китаец.

*"Тишина – источник великой силы."*

Я вскрикнул, сердце чуть не выпрыгнуло из груди, когда я услышал голос: "Извини, что тревожу тебя, Человек. Вижу, что ты задумался."

Старик-чайка мирно стоял на балконных перилах. Он замер, неподвижный на фоне постепенно темнеющего неба.

"Ты напугал меня, но я рад тебя видеть." "Ты напугал меня, но я рад тебя видеть."

"Я пролетал мимо и решил взглянуть, как ты. Посмотреть, как ты живешь."

"Ты не голоден, хочешь пить? Не знаю, что тебе предложить. Арахис? Наверное, он слишком соленый. Гранатовый сок?"

"Песчаный краб отдал мне свою жизнь на закате солнца. И я никогда не страдаю от жажды."

"Пожалуйста, заходи."

"Благодарю за гостеприимство, но, пойми меня правильно, чаек такие закрытые места слишком тревожат. Мы принимаем с благодарностью все, что дарит нам природа: ласковый дождь или ливень, тепло солнца или мороз, шторм или безветрие."

Говоря все это, он смотрел на книги, разложенные на полу.

Чувствуя его любопытный взгляд, я сказал: "С тех пор как мы не виделись, я серьезно принялся за чтение. Философия, западная и восточная, книги по медитации, танцующие суфии, учителя йоги, христианские мистики, японские, китайские, тайские наставники... это было чудесно!"

"Да, я видел уже такие открытые коробочки со множеством белых листьев с черными следами на них."

"Хмм?"

"Для чего это... как ты говоришь... да, чтение?"

"С чего бы начать? Оно вдохновляет, учит меня разным вещам... дает ответы на то, что я называю 'большие вопросы.'"

"Когда-то у меня был друг... его звали Генри Дэвид. Кажется, еще одно имя было... Генри Дэвид, а потом... ты должен меня понять... мне непросто помнить. Но он еще жил в лесах."

"Потрясающе! *'Уолден,'* Генри Дэвид Торо! Я сейчас его читаю!"

"Торо. Да. Он был мудрый человек. Он многому научил меня. *Не то важно, на что вы смотрите, но то, что вы видите.*"

"Прекрасно!"

"Ты понимаешь, перед тем как Генри положил свои слова на те листы, он сначала прожил свою жизнь."

"Чтобы теперь у нас были его слова – это очень ценный подарок."

"У вас, людей, есть, как вы называете, память. Вы помните столько всего, и днем, и ночью, но не можете выбирать, когда помнить, а когда – нет. Так что эти штуки, книги, помогают вам не забывать стоящие вещи. Нам, чайкам, все это не нужно, потому что нам тяжело что-нибудь помнить. То, что мы знаем, мы знаем с самого начала."

"И ты не умеешь читать, я так понимаю."

"Ни к чему."

"Но это важно для нас... для меня, чтобы сосредоточиться на стоящих вещах, как ты говоришь. В чтении мои ответы... пока что."

"В самом деле?"

"Чисто человеческие трудности, как ты говоришь."

"Слишком много стоящих вещей могут привести к потере перьев."

"О, правда..?" – удивился я.

"Слишком много сидения, слишком много полета, слишком много еды, слишком много стояния на одной ноге... ты понимаешь?"

"Слишком много чтения?"

"И недостаточно жизни?"

"Ты спрашиваешь меня?" – не понял я.

"У меня нет для тебя ответов. Мне просто любопытно."

"Ясно."

"Был краткий период, когда все твои чувства были обострены и ты жил полной жизнью."

"О, действительно?"

"Однажды ты был влюблен, очень далеко отсюда и очень давно. Возможно, ты еще не забыл ее."

Я был захвачен врасплох этим его замечанием и рассмеялся: "Кто бы это мог быть?"

"Воздух становился теплее, был большой двор, и я помню искры, странные шлемы на голове и громадных железных птиц. Она смотрела на твою работу с таким восхищением. Ты, должно быть, помнишь дар гуано на твоем правом плече?"

Максин! Эта чайка была там? Должно быть. Тридцать лет прошло и "становилось теплее" - был май.

"Я помню нашу работу вместе, но не 'гуано.' Я был слишком занят в то время."

Старик-чайка ответил: "Конечно ты был очень занят и не только работой. О, друг мой, ты жил!"

Мы помолчали какое-то время.

"Как бы мне ни хотелось побыть еще и разделить с тобой твое чтение, приближается ночь, и мне пора."

"Но ты прилетишь снова?"

"Ты не будешь против... если в следующий раз мы встретимся на берегу?"

"Я буду ждать тебя там."

И с этим он взлетел и исчез в тумане, что собрался к ночи.

# 5

Однажды, через несколько дней, я услышал, как кто-то зовет меня.

Это был он.

“Привет, Человек.”

Я был несказанно рад.

Его приветствие было всегда таким сердечным.

Слышалась радость в этом его: “Привет.”

“Здравствуй, пока ты снова не улетел, я хотел спросить тебя... как тебя зовут? У тебя есть имя?”

“Конечно же, есть! А как ты думаешь? Что мы, чайки, скитаемся по миру без имени?”

“Ну, нет! Но что я знаю о чайках? И как же тебя зовут?”

“Это древнее имя на чаячьем и его невозможно произнести на вашем языке, но ты можешь звать меня Вик. А ты, как твое имя?”

"Ну, мои родители назвали меня Морис и уже через месяц пожалели об этом. Поэтому они звали меня Маркус, имя, которое я ненавидел. Так что к старшей школе я убедил друзей звать меня Трэйн, потому что увлекся Колтрейном и би-боп джазом. Но и это не продлилось долго, так что в конце концов я остановился на Мике."

"Тогда я могу звать тебя Мик?"

"Нет-нет, прошу тебя. Зови меня... Джаггер," – понятия не имею, с чего у меня вырвалось это имя, но мне понравилось, и я решил остановиться на нем. – "Или сокращенно – Джаг."

"Тогда – Джаг. Хорошее имя. Я знавал одного парня, тоже Джаггера. Думаю, его еще звали Миком, тоже! В то время он не мог поймать вдохновение. Он писал песни, но все оставался недоволен тем, что выходило. Жаловался, что не получает *удовлетворения*, все твердил: *'No satisfaction, I can't get no satisfaction.'* Я ему предложил написать об этом песню, что он, кажется, и сделал."

"Кого ты только не знал!"

"Я очень внимательно выбираю, с кем заговорить, Джаг."

"Тогда почему я? Средней руки бизнесмен с больным сердцем, вдовец, одиночка... ни славы, ни признания..."

"Ты спрашиваешь меня – почему. У меня нет ответа на этот вопрос. Кто может знать? Ты – особенный поток, Джаг. Бурный, катящийся одухотворенный поток. Я увидел тебя в окне. Потом ты позвал меня. Я ответил."

"Одухотворенный поток?"

Я был скорее встревожен, чем поражен.

“Мы, чайки... мы одухотворенные создания, спиритические. Мы чувствуем это. Не можем ничего с этим поделать.”

“Я тоже чувствую. Всю мою жизнь. У меня бывают предчувствия. Я немного интересовался, когда Джейн, моя младшая дочь, увлекалась Дао, индуизмом, каббалой, Ошо. Семидесятые были переполнены всем этим. Так что, пожалуй, я тоже - одухотворенное создание.”

“Для тебя это – усилие, для меня – моя природа.”

“Это правда, всегда столько усилий.”

“В этом, как мы уже говорили, ваше совершенство.”

“Твоя манера объяснять – это так прекрасно, так свежо, так молодо, а я так зачерствел, весь покрылся коркой старых шрамов. Мне все это так сложно, особенно теперь, когда я знаю, что мои дни сочтены и мне тяжело пройти милю вдоль пляжа, не выбившись из сил.”

“Сочтены? Твои дни сочтены? Ты так прислушиваешься к тиканью своих часов. Сколько у тебя еще осталось дней?”

“Я точно не знаю. Только... не так много.”

“Ты умираешь, хочешь сказать?”

“Да!”

“И я, конечно. И я намного старше тебя.”

“Ну тогда, в этом мы похожи.”

“Вовсе нет!”

“Вот как. Ничего общего, конечно. Продолжай, пожалуйста.”

“Я до сих пор смотрю на мир глазами птенца,” – сказал он.

Я задумался, мне вспомнились тропинки вдоль озера Лейк Джордж в горах Адирондак. Мне одиннадцать лет, и все такое свежее, такое новое за каждым поворотом. Я перевел взгляд на океан... да, теми же глазами, как тогда.

“Я понимаю,” – сказал я.

“В одиннадцать или семьдесят девять, Джаг... когда смотришь теми же глазами, числа не важны. Мой горизонт бесконечен. Ты видишь ясно, когда твои глаза открыты вот так.”

“Я, наверное, понимаю тебя, Вик, для чаек это так естественно... А моя душа устала от долгих лет правил, ограничений, предписаний и привычек. Я усталый старик, и этого уже не поправить.”

“Знаю, Джаг. Ты и все люди.”

“Но я не хочу, чтобы мои последние дни были такими бессмысленными. Не хочу быть сломленным. Я хочу написать хотя бы одну славную картину.”

“И ты напишешь! Может быть не сегодня или завтра, но ты обязательно напишешь. В этом я уверен. Мы, чайки, чувствуем такие вещи, я уже говорил тебе.”

Я был тронут.

“Мне было так одиноко, Вик. Хелен ушла, дети разлетелись кто куда. Но я чувствую, что мы с тобой становимся...”

“Друзьями. Это верно.”

# 6

Следующие несколько дней я следовал заведенному порядку: вставал, отправлялся на пляж и устраивался на своем широком полотенце, таком ярком, будто я бессознательно пытался скрыть бледность своей не принимающей загар кожи. Располагался всегда на одном и том же месте, подальше от шумных пляжников, досадуя имчувствуя дискомфорт, если оно оказывалось уже занятым какимнибудь многодетным семейством.

Я старался почувствовать погоду – типичную для этих мест, почти неизменную день за днем, с разницей в несколько градусов.

Но было то, что сильнее занимало мои мысли. Я ходил туда не только наблюдать или принимать солнечные ванны – я ждал, не вернется ли мой старик-чайка. Наши беседы растревожили старую, почти зажившую рану, которой я боялся касаться, –

воспоминания о Максин, спрятанные от самого себя, теперь они напоминали состарившееся вино в погребе. И я совсем не хотел открывать ни одну из этих пыльных бутылок.

В один из вечеров на пляже, такой же, как и многие другие до него, я уже почти собрал вещи, чтобы возвращаться домой, когда увидел перед собой знакомого старика-чайку. Я узнал его по походке, он шел медленно, устало покачиваясь, но в то же время царственно-величаво.

В этот раз он первым приветствовал меня: "Привет, Джаг!"

"Привет, Вик!" – отозвался я немедленно, сердце подскочило к горлу – я был счастлив видеть его снова.

Потом он сказал: "Я разыскивал тебя все эти дни, но тебя нигде не было видно."

"Но как же," – я немного опешил от этого его замечания, – "Ты искал меня? Я был здесь все это время... всегда на том же месте."

"А! Вот почему я не мог найти тебя."

"Я... Я не понимаю."

"Я – в постоянном движении... течении, действии, никогда не на том же месте."

"А я – застывший, окаменелый?"

"Да, должен признать, именно так. Как я уже говорил тебе, мы, чайки, начинаем терять перья от неподвижности. Это не означает, друг мой, что они выпадают, но мы становимся неспособны больше Видеть."

"Я пока не пойму, к чему ты клонишь."

"Рыба движется, скрытая под непрерывной зыбью волн. Течения и ветер переменчивы, мошки собираются в тучи, крабы суетятся. Так что чайкам приходится быть внутри этого постоянного движения. А иначе мы практически незрячи."

"О, так я был для тебя невидимым."

"Да. Я прохаживался и набрел на тебя почти случайно."

"А если бы я был здесь завтра снова, ты бы смог найти меня?"

"Нет."

И он громко и заразительно рассмеялся. Это было так неожиданно, что я рассмеялся тоже.

Я знал, что он был прав.

Бездумно, почти автоматически подчиняясь распорядку, я не чувствовал уже непрерывных изменений мира вокруг. Мне казалось, что, следуя восточной духовной традиции, я должен стремиться к полной неподвижности. Сидеть в медитации, успокоить разум, не суетиться подобно морским птицам вокруг меня.

"А если бы я перемещался по пляжу, тогда тебе было бы легче отыскать меня?"

"Я птица. Я могу найти тебя где угодно в любое время. Это мое свойство, моя натура. А вот ты... ты не смог бы найти меня... пока."

Я начинал понимать.

"Нам, людям, нужна определенная точка зрения, чтобы быть в чем-либо уверенными."

"От одной крохи пищи до другой, я не знаю к чему и куда приведет меня мой путь. Ты в самом деле думаешь, что сумеешь остаться живым в такой неподвижности?"

Я подумал секунду, но не нашел ответа. Очевидно, он имел ввиду закостенелость моих привычек.

Возможно, мой мудрец-чайка предлагал мне другой выход. Я как-то неопределенно представлял себе традиционную медитацию чем-то вроде питстопа, приносящего более возвышенную и движущую осознанность на жизненном пути.

Он продолжал: "Я наблюдал за рыбацкими судами, как шкипер налегает на руль, чтобы совладать с силами природы. Но много раз я видел, как их суда идут, доверившись ветру, их паруса наполнены или наоборот, бессильно опали и лодки не двигаются вовсе, тогда рыбаки могут отдохнуть и подкрепиться. Один молодой моряк слишком напряг парус, пытаясь подняться против ветра... короткий галс, как они говорят, и его лодка опрокинулась. Как далеко от совершенной гармонии! Хорошо, что старый дельфин по имени Гарри подхватил тонущего и отнес к берегу."

"Это как объезжать дикого быка, он ревет и брыкается в ярости, пока ты не укротишь его и не на-правишь в нужную сторону. Метафора необузданного ума. Китайская, кажется. Я читал на прошлой неделе."

"Я понимаю. Как океан во время жестокого шторма, освещенный вспышками белого света. Только самые опытные моряки осмелятся бросить ему вызов."

Я задумался надо всем, что говорил мой удивительный друг. Мне показалось, что это я пытаюсь удержаться верхом на быке, держась за веревку, которая перехватывает его под брюхом слишком туго.

Тогда я снова спросил чайку, пытаясь покрепче схватить поводья: "Боюсь, что я как тот молодой моряк?"

"Может быть, стоит немного ослабить паруса и позволить ветру наполнять их?"

"Да, наверное, стоит."

"Если ты покинешь то неподвижное место внутри, ты сможешь найти меня очень скоро."

Я сказал, больше размышляя про себя, чем отвечая ему: "Не уверен, что еще способен совершить этот сдвиг."

Он, казалось, улыбался, хотя клюв делал такое совершенно невозможным.

"Мне пора. До свидания." И не прибавив больше ни слова, он взлетел.

Я следил за ним, чувствуя какую-то тоску.

"До свиданья," – прошептал я.

Майкл Перротта

# 7

С того самого дня, следуя совету старика-чайки, я стал перемещаться по разным уголкам пляжа. Мне было любопытно, смогу ли я найти его, а не только он – меня.

Поначалу я чувствовал некоторый дискомфорт, но с постоянно меняющейся точки обзора по-новому, неожиданно открывалась красота этих мест: горы позади, а в один из дней в середине июля – очертания острова далеко в дымке на горизонте.

Я аккуратно стелил полотенце на новом месте и из песка насыпал небольшой холмик, чтобы удобно устроить голову. Так мне было легче наблюдать за всем вокруг. Время от времени я садился прямо и вглядывался в линию прибоя. Пляж был довольно широк – около сотни метров или около того, а в длину простирался на мили.

Я стал играть с песком: набирал полную горсть, а потом позволял песчинкам медленно убегать сквозь пальцы. Я почти впал в транс, повторяя это снова и снова, завороженный теплом и красотой кристалликов-песчинок. Никогда раньше песок не приносил мне столько удовольствия.

Я был так поглощен этой игрой, что не заметил приближения моей чайки.

Я увидел его в последний момент краем глаза, но не удивился. Отчего-то я знал, что мои перемещения и игра с песком приведут его ко мне. Я улыбался, я был рад ему.

"Прекрасный день, не правда ли?"

Он ответил: "Для меня все дни прекрасны."

"Я так рад видеть тебя."

"Спасибо тебе, и я рад, хотя вижу, что не все в порядке с тобой."

"Почему ты так решил?"

"Когда человек изображает песочные часы, мне кажется, что-то с ним неладно, даже если это и добавляет ему чуточку спокойствия."

"Но я не изображал ничего, какой абсурд."

"Ты не пытался стать песочными часами? Тогда кем?"

"Просто человеком, который играет с песком."

"А, тогда извини! Я неверно понял тебя. Я увидел, как ты пересчитываешь песчинки, и решил, что ты измеряешь время, которое, как тебе кажется, пролетает мимо слишком быстро."

"Да, время пролетает мимо меня так быстро."

"В этом между нами нет никакой разницы. Мы старимся одинаково. Один день проходит так же для тебя, как и для меня. Это правда, мы, чайки, проживаем иначе наши дни. Кстати, на прошлой неделе, не знаю, заметил ли ты, мы праздновали день рождения дорогого друга.”

“В прошлую пятницу?”

“Точно, в прошлую пятницу.”

“Вся та сумятица? Чайки сражаются за еду. Дети бегают за ними. Ни минуты покоя. Сплошной хаос!”

“Вот именно! Потому что и для нас еще один год – это очень важно. И это нужно отпраздновать.”

“Я перестал праздновать с тех пор, как мне исполнилось пятьдесят восемь. И никто не устроит большого шума из моих восьмидесяти.”

“Как жаль!”

“Мой возраст – тяжелая ноша для меня.”

“Странно вы люди думаете. Каждый день – это ценный дар. Когда наступает для меня новый год, я так благодарен. Новые возможности ожидают меня. Мы встретились в этом году к тому же, мой друг. Когда мы становимся старше, это еще больший повод праздновать.”

“Ну нет! День рождения – это праздник для детей.”

“Именно! Видеть мир детскими глазами – всегда!”

“Философия чаек. Это не ново, Вик.”

“Старые мысли, не сомневаюсь, Джаг. Нелегко новым мыслям проникнуть под ломкие седые перья.”

“Я приехал сюда с благословения моих детей... наконец. Они думают, что мой переезд поможет облегчить боль старых ран – и душевных, и телесных, что живопись способна исцелить их. Но я не могу найти сюжет, вдохновение, ни к чему кисти – бесполезно.”

Я думал о постигшем меня разочаровании... картина не возникала на холсте, как я представлял себе. Не схватывались верные цвета. Однажды я уронил тюбик краски на песок, и чайки бросились клевать его.

Единственные слова, что я мог еще сказать моей чайке, были: “У меня теперь дрожат руки.”

“Никогда не счастливы, никогда не довольны. Печально видеть, как вы, люди, ищете причины и оправдания, чтобы больше не творить.”

“Я не стану возражать. Но как бы тебе объяснить? Мои холсты пусты.”

“Но и в этом красота. Ты пытаешься поймать тот самый, единственный образ, мой дорогой, но ведь ты можешь рисовать все, что только захочешь, на этом куске паруса.”

Я представил себе это на минуту... его слова были так ясны и просты.

“Возможно, это именно то, что удерживает меня. В молодости возможности были неисчерпаемы, горизонт бесконечен – пробовать, видеть и рисовать. Я в самом деле ощущал себя единым с природой... ставить паруса, подниматься на волне, менять курс.”

“Но теперь не так, да? Когда ты был молод, ты позволял сердцу в самом деле биться.

Я почувствовал тяжесть в груди.

“Ты видишь так много.”

“Безучастный наблюдатель,” – он засмеялся, – “Как я уже говорил, мир – это постоянно меняющийся вечный пир.”

“И это только усиливает мою беспомощность. Позавчера, закат со всполохами потрясающих облаков... багряный и пурпурный. И та высокая женщина в черном закрытом купальнике. Ее волосы – длинные, золотисто-каштановые. Она стояла у кромки воды, вглядываясь в горизонт. Так красиво. У меня была подходящая точка обзора, так что я начал делать набросок на холсте. Но уже через минуту она ушла. Невозможно верно поймать всю сцену.”

“Когда-то я знал одного художника. Испанца. Похожие жалобы. Потом, позже, он изгибал свои модели сверху вниз и во все стороны.”

Я громко рассмеялся.

“Наверное, ты имеешь ввиду кубизм?”

“Понятия не имею,” – отвечал он загадочно.

И после этих слов я подумал о Максин, как она позировала мне. Мой пятый десяток был на исходе, ей было тридцать три. Я был на полпути к тому, чтобы влюбиться в нее. Я пытался подавлять это чувство, как отголосок кризиса среднего возраста, прекрасно понимая, что не в этом дело.

Максин была особенной. Такой полной жизни. Радостное самозабвение и ясность взгляда. Она придумывала огромные, похожие на сны произведения искусства: мобили из металла, скульптуры, в буквальном смысле поющие на ветру... – все это, рожденное в ее внутренних глубинах и вызванное к жизни с полной осознанностью мастерства.

Она вдохновляла, верила в меня и готова была на все, чтобы разбудить мое собственное искусство. Как мне было не полюбить ее? Но я бы никогда не позволил себе выразить все это вслух.

У меня была семья.

Я вернулся из воспоминаний, услышав, как старикчайка сказал: "Разбитые мечты, безответные желания, подавленные привычкой, рутиной, старением – шершавый песок сыпется сквозь пальцы."

"Да!" – вопль вырвался из глубины души, незваный, неосознанный.

"Неужели тебе совсем нечего подарить миру, в какой угодно форме или манере? Ты можешь запечатлеть красоту вокруг тебя? Это было бы хорошим поводом для празднования, как тебе кажется?"

Я вспомнил день, когда я пришел к Максин в ее большой дом в колониальном стиле в конце Дэнфорт Авеню – дороги, что вела к стадиону. Из хозяйской спальни можно было видеть его часть. Именно в этой комнате она расположила мольберт для меня.

Она сняла с себя одежду, как настоящая модель, заботясь только о своей позе, позволяя мне уловить ее красоту, отдавая всю себя мне как художнику. Никаких преград духу свободного творчества. Это была первая из двух наших художественных сессий. Я чувствовал себя свободным, впервые со времен молодости.

Цвета казались мне полнее, чем краски передо мной. Максин открывалась мне, ее суть, ее дух. Ее образ – неотлакированный, подвижный, в переливах цвета, я буквально плакал, пока писал ее.

Я видел, что чайка стоит, отдыхая, на одной ноге, ждет, пока я вернусь из своих воспоминаний, из своей тоски.

“Мои кисти не могут больше передавать красоту.”

“Ты хочешь знать, каков мой вклад в искусство? Гуано, помет – это мой способ рисовать. Замечал, как мы оставляем его повсюду? Это наша наскальная живопись. Лучшее, на что мы способны. Я всегда восхищался чудесным источником вдохновения людей.”

“Почему эта птица появилась в моей жизни именно теперь?” – спросил я сам себя.

Он продолжал, как будто прочитав мои мысли: “Мне печально видеть, как ты позволил своему роднику почти пересохнуть.”

“Как мне открыть его?”

“Почему бы тебе не начать вот с этой старой чайки? Я буду совершенно неподвижен, буду стараться изо всех сил, обещаю тебе, хоть это и нелегко для меня.”

“Может, в другой раз.”

Он смотрел на меня, как много раз до этого, с безграничным пониманием. И как и прежде, он давал мне время обдумать сказанное.

И вдруг мне в голову пришла неожиданная и незванная мысль: ‘А что, если у меня действительно есть еще время в запасе, больше, чем я предполагал? Так ли уж невозможно затеплить новый огонек? Снова отыскать то, что предлагали Максин и старикчайка?'

Я подумал о моей утрате, моей жене... моей Хелен.

Однажды я попросил ее позировать мне обнаженной, но она смутилась и отказалась. Она не могла понять, чего я хотел и почему. Мне так хотелось бы написать ее, обессмертить ее.

Под конец второй встречи, когда Максин позировала мне, она подозвала меня к кушетке, на которой лежала расслабленно, устроив голову на подушках. Ее длинные рыжие волосы прикрывали одну грудь, в то время как другая оставалась открытой.

Она похлопала ладонью по кушетке: "Подойди сюда... иди же."

Я желал ее, но все что я смог произнести, было: "Мы не можем, Максин... Я не могу."

Это был последний раз, когда я видел ее.

Еще одна неоконченная картина в моей жизни.

Наверное, старик-чайка почувствовал, в какие сокровенные воспоминания я погрузился, и решил дать мне побыть одному. Он посмотрел вверх на небо, как будто кто-то звал его, и улетел в мгновение ока.

# 8

Наступил август.

Я уже предчувствовал, что дни станут более влажными и душными по мере того, как лето клонится к закату. На самом же деле стояла практически неизменно прекрасная погода.

Теперь я прилагал усилия, чтобы разрушить какую-либо монотонность и рутину. Я отправлялся на пляж в разное время дня: на заре, на закате, однажды даже в два часа ночи.

Всегда находил новые точки на пляже. Я старался по-разному одеваться, выбирал разные полотенца. Я перемещался в течение дня по два, по три раза, иногда и чаще. Все это давало мне чувство свободы, освобождая от постоянного контроля. Я обнаружил, что останавливаюсь на новом месте скорее интуитивно, вместо того чтобы осознанно решать, где расположиться.

Многие люди, приходя на пляж, несколько минут проводили в спорах, выбирая место где остаться на целый день, несмотря на прилив и отлив. Абсурдно, да! Я больше не намерен был следовать этой схеме. Я чувствовал несказанное облегчение!

Пока однажды не услышал, как одна женщина обсуждала меня. Исхудавшая мамаша, далеко за тридцать, с двумя детьми. На ней был купальник - бикини, слишком маленький и не подходивший ей. Ее окружали самые дорогие принадлежности: пляжные игрушки, деревянные раскладывающиеся стулья, огромный зонт, под которым были надежно спрятаны от солнца дети. Она обращалась к ним, следя при этом, чтобы я услышал каждое ее слово: "Видите того мужчину, он странный какой-то. Не отходите, пока он не уйдет. Может, он сумасшедший, шизофреник или еще что-нибудь в этом роде. Если он останется поблизости, я позову кого-то из спасателей."

Поколебавшись немного, я все-таки решил успокоить ее: "Может быть, это неплохая мысль – попробовать и вам сняться с места, отряхнуть песок и увидеть мир свежим взглядом. Я бы познакомил вас с говорящей птицей. Тогда мы бы еще посмотрели, кто из нас сумасшедший."

Она отвернулась, прижимая к себе детей.

Это был подходящий момент, я знал, что это должно сработать.

В экстатическом безумии я посмотрел вверх и позвал: "Чайка! Прошло уже много дней!"

И из стаи чаек, что покачивались на волнах в сотне метров от берега, отделилась одна и полетела в мою сторону. Старик-чайка приземлился.

“Я услышал, я прилетел!”

“Ты прилетел! Спасибо тебе.”

“Я рад. Но могу ли я заметить тебе, в твоем голосе мне послышалось отчаяние.”

“Это все люди, пляжники, они просто не могут не лезть не в свое дело.”

“Кто? Хочешь, я помечу их своим гуано?” - предложил проказливо он.

“Не надо, просто я услышал, как они сплетничают, критикуют. Я почти хотел попросить тебя позвать твоих друзей и напустить на них.”

“Зачем?”

“Низачем, просто, чтобы они разбежались.”

“Понимаю. Как ты очень хорошо знаешь, мой друг, человеческие существа стремятся жить в ограниченном пространстве, маленьких мирках. И потом они хотят, чтобы их ближние поступали точно так же. Это, кажется, делает их счастливыми. Кто мы, чтобы судить?”

“Ну, я полагаю, все именно так. Думаешь, дело во мне? И хватит смотреть на меня искоса!”

“Это мой лучший глаз.”

“Я не хочу больше жить в маленьком мирке!”

“Хорошо, тогда поступай по твоему выбору... живи, как ты хотел бы жить.”

“Так и буду.”

“Тогда почему ты так сердито шагаешь?”

“Сердито? Я не сердит.”

“Просто вопрос.”

“Ну, может, немного.”

“Я слышал, что ты сказал той женщине. Ее раздражение не обязательно должно передаваться тебе.”

“Это не так просто. В Джерси-сити наш дом был в тупике – это где улица заканчивается. Такие спокойные окрестности. До ближайшей школы больше мили, так что семьи с маленькими детьми селились далеко от меня. Я ложился спать и просыпался в тишине. А здесь – ничего, кроме шума. Сонный пляжный городок!”

“Ты не против немного пройтись?”

“Мой шаг немного длиннее твоего, Вик.”

“Ничего, я поспею.”

Так мы и пошли – десять его шагов на один мой, и Вик не так утомился, как я.

Был теплый субботний день, после полудня. Чуть дальше проходил волейбольный турнир, привлекший довольно большую толпу. Нам приходилось огибать мозаикой расстеленные полотенца.

“Прислушаемся?” – спросил он.

“Прислушаемся? К чему?”

“Ко всему. К симфонии, как назвал бы это мистер Гершвин.”

“Какофония – для моих ушей.”

“Когда чайка слушает – то слушает, не оценивая, не комментируя. Понимаешь?”

Это уже случилось со мной недавно – я начал смотреть на вещи, не обдумывая, меняя угол зрения и перспективу, в разное время дня и ночи. Постепенно уменьшалось сопротивление. Но я никак не мог подумать, что и моему слуху придется последовать за зрением.

Вик, как это было ему свойственно, знал, о чем я думаю.

"Давай, это будет забавно попробовать," – сказал он.

"Но как?"

"Что если мы просто будем следовать в том направлении, куда поведет нас слух? Я слышу, как плачет маленькая девочка, так что я иду туда."

И Вик в самом деле пошел на звук плача, я последовал за ним. Потом я услышал, как волна с шумом набегает на берег, и повернул свой шаг в том направлении. Вик присоединился ко мне. Рев одобрения от волейбольной площадки, мать зовет своих детей выйти из воды, *"Riders on the Storm"*, разносящиеся из динамика бумбокса, далекие сирены машины скорой помощи и еще множество разных звуков призывали нас то туда, то сюда. Мое внимание было приковано к тому, что начинало слагаться в безумную, но неожиданно прекрасную "симфонию" шумов.

"Ты слушаешь, Джаг?"

"О да... без комментирования, без осуждения... без раздражения."

"Это хорошо."

Я услышал лай собаки и пошел в ту сторону. Австралийская овчарка играла с молодой раненой чайкой.

Неожиданно Вик взлетел, и не прошло и минуты, как стая чаек словно из ниоткуда подлетела к той молодой.

Объединенный пронзительный крик кружащих вокруг птиц был потрясающим, и вся сцена нереальной. Невозможно было разглядеть Вика в этой туче белого на фоне голубого неба.

Некоторые чайки пикировали на собаку, хотя и не касались ее на самом деле. Совсем немного времени понадобилось, чтобы обратить овчарку в бегство. Чайки спускались, чтобы позаботиться о раненом, прикрывая его крыльями. У меня захватило дух от всего происходящего.

Я уже не знал ни где я, ни кто я, ни имеет ли это какое-то значение. Я был полностью там, в трепете перед чудом, которое я только что видел... и слышал.

# 9

Я не видел Вика несколько дней. Думаю, мы оба понимали, что понадобится какое-то время, чтобы полностью принять новое.

Я открывал окна и в буквальном смысле, и метафорически. Каждое утро я распахивал балконные двери, впуская внутрь солнечный свет и океанский воздух, звуки уличного движения и детей за игрой, флага на ветру, машин доставки, разгружающихся у ближнего магазина... Я усаживался в откидывающееся кресло, закрывал глаза и прислушивался ко всем звукам, которые мог уловить стареющим слухом. Никакого сопротивления... никакого больше раздражающего шума. Я чувствовал нежданный покой. Это был мой новый ритуал перед приготовлением завтрака.

На пляже я кружил по своей новой привычке, но теперь споры, плач или крики детей, рэп из радиоприемников – ничто из этого не беспокоило, но словно бы просачивалось сквозь меня.

Иногда я нарочно располагался в самом шумном месте, которое мог отыскать, просто чтобы проверить, смогу ли я заснуть среди всехэтих звуков.

На следующий день, после моей медитации и завтрака, я решил взять с собой на пляж принадлежности для рисования. Я не касался кистей, красок и холста после неудачной попытки наброска женщины на закате. Я ощущал, что теперь, когда мои чувства раскрыты, время пришло.

Я наблюдал за семейством, они все говорили поитальянски. Я выхватил случайную фразу, выросши в Джерси, я понимал кое-что: *"Mangiatevi i panini!"* – довольно плотная женщина говорила своим детям.

Их было трое: один мальчик и две девочки – и они носились вокруг, вместо того чтобы "есть свои бутерброды." Под тем же зонтом элегантная пожилая дама в цветном парео открывала все новые пластиковые контейнеры, выкладывая все новую еду.

Я решил попробовать, не ожидая, что они замрут на месте. Я хотел писать свободно, ухватить их суть. Несмотря на все попытки, у меня ничего не выходило. Мне по-прежнему нужно было зафиксировать изображение в уме.

Плечо свело судорогой, и старое дрожание в руке вновь вернулось.

На холсте не появлялось ничего, кроме неразборчивых росчерков и цветных пятен, перекрывающихся без смысла, без вдохновения. Я попытался обратить это во что-то интуитивноабстрактное, желая как-то разбудить творческий поток. Но не смог продолжать, так что поскорее прикрыл холст куском льняной ткани. Живопись сегодня мне не давалась. И я сомневался, что когда-нибудь будет иначе.

Спину сводило спазмами боли. Я лег и закрыл глаза, надеясь, что немного сна поможет мне ослабить узлы.

Какое-то время спустя, я открыл глаза и увидел Вика прямо на моем полотенце рядом со мной.

“Давно ты здесь?” – спросил я.

“Солнце сдвинулось на два пера к западу. Ты очень крепко спал.”

“Давно я тебя не видел. Я думал может ты уже нашел кого-то другого, с кем поговорить.”

“Как я уже упоминал, я заботливо выбираю, с кем говорить, и должно быть, ты будешь последним.”

“Это честь для меня, Вик.”

“Я вижу, ты снова принялся за краски.”

“Если это можно так назвать.”

“Могу я взглянуть?”

“Нет.”

“Я смотрел, как ты ходишь... вглядываясь и вслушиваясь. Однажды утром я стоял на перилах балкона, наблюдал, как ты сидишь и слушаешь столько звуков. Я так рад!”

“Я думал, что смогу найти способ выразить... на холсте. Полное разочарование.”

“Я слышу то, что у тебя внутри, Джаг. Отголоски утраченной любви. Я тоже нуждаюсь в тепле по ночам, даже больше тебя. У меня была подруга, которая согревала меня, но ее больше нет. Теперь моя кровь течет медленнее, как и твоя. Но у меня есть старшие дети и внуки, племянники и племянницы... они укрывают меня своими перьями в гнезде. Иногда становится даже слишком жарко, и я отодвигаю крылом кого-нибудь из младших."

"У тебя нет подруги? Я слышал, чайки создают пару на всю жизнь."

"Луна сменилась много раз, прирастая и вновь истаивая, прежде чем мои слезы иссякли," – сказал Вик элегически.

Я смотрел на него, сопереживая, потом спросил: "А чайки плачут?"

"На свой лад."

"Как ее звали?"

"Мы никогда не произносим имен ушедших."

"Со мной иначе, моя Хелен ушла первой. Я буду страдать от ее потери до конца моих дней."

Казалось, Вик снова улыбнулся: "Я любил ее, когда она жила, и оплакивал, когда ветер исчез из нее. Но это было очень давно. Когда я вспоминаю, у меня на сердце тепло. Вы, люди, нуждаетесь в постоянном напоминании... мое страдание отлично от вашего."

"Я понимаю."

"Боль в твоем плече, дрожь в руке... как твоего друга, меня это печалит."

"Старые судороги, какой-то узел там с тех пор, как мне было двадцать."

"Слишком много рыбы в твоей лодке?"

Я улыбнулся, представив себе, как несу, взгромоздив на плечо, поскрипывающее от старости, разваливающееся суденышко.

“Там дальше, я видел на пляже женщину, она мяла пальцами, кулаками и локтями человеческие спины. Еще на заре, много мужчин и женщин так красиво тянутся к солнцу. Может это помочь тебе?”

“Массаж помогает ненадолго, снимает боли в спине на час или около того. А йога – я пробовал заниматься около месяца. Моя дочь Джейн пыталась вовлечь меня. Я чувствовал себя глупо. Это мышечный спазм... и он особенно усиливается, когда я пытаюсь писать. Еще, может быть, когда я думаю слишком много.”

“О твоих любимых?”

“Я уже говорил тебе, мои дети звали меня укрыться в их гнездах. И я думаю, они бы обогрели меня, как и твои согревают тебя. Но я улетел, и теперь они в трех тысячах пятистах милях от меня. Все это – чтобы рисовать, что за насмешка. Должно быть, я уехал из гордости – не хотел быть в тягость.”

“Со времен Уилбера и Орвилла, братьев Райт, так много стальных крыльев с людьми внутри пересекают небеса... когда они приземляются или взлетают, чайкам нужно быть очень осторожными, но потом они летят слишком быстро и высоко для нас. Куда они направляются и откуда берутся все эти железнокрылые люди?”

“От одного города к другому, из страны в страну.”

“Далеко от своих гнезд... но зачем?”

“Некоторые по делам, некоторые возвращаются домой, некоторые – чтобы улететь подальше от дома.”

“И это ты – тот, кто улетает?”

“Чтобы убраться к чертям подальше!” – вскричал я с болью.

Это вырвалось у меня совершенно неожиданно.

Я приехал, чтобы заниматься живописью, чтобы освободить моих детей от ответственности, но неужели я просто сбежал?

Я должен был признаться: “Я скучаю по моим дочерям, по внукам. Я скучаю даже по моему партнеру Джону. Я имею ввиду, я разговариваю с ними по телефону, конечно, но что я вообще здесь делаю, Вик?”

“Я знаю только то, что ты мне сказал: ты приехал, чтобы написать твои славные картины.”

“И что я сделал? Ничего... ничего стоящего до сих пор.”

“Но ты же проделал весь этот путь.”

Я прикрыл глаза на секунду, говоря себе: ‘Вот я здесь. Прекрасный, сонный пляжный городок, где никогда не идет дождь, и никогда не бывает слишком холодно... а я так жалок. Мне бы следовало вернуться домой, вот где я должен быть... дома.’

“Если это то, чего ты хочешь, Джаг, тогда так и сделай. Если твои воспоминания не дают тебе прилететь сюда.”

“Она была моей женой сорок пять лет. Мне не хватает ощущения ее груди в моих ладонях, я вспоминаю, как ласкал ее волосы, как целовал ее за ухом, и она тихонько вздыхала каждый раз, когда я так делал. Мне не хватает этих ее стонов. Я скучаю по ее ледяным стопам, от прикосновения которых я почти вскакивал с кровати, но все же не отпускал их, пока она... пока они не согревались. По ее улыбке, которой она встречала меня каждое утро, и мягкому 'спокойной ночи, любимый' перед тем, как потушить свет. О, Вик, прости, это все человеческие вещи, я не могу ожидать, что это будет понятно чайке."

"То, что я могу понять: я потерял свою подругу, когда ей было только сорок девять. Это дольше, чем живет большинство из нас. Но мне кажется, жизнь ее была слишком короткой. Как ты знаешь, чайки находят свою пару раз и навсегда."

"Да, я понимаю."

"Я услышал крик одного из друзей: 'Кого-то смыло в море!' Почему-то я знал, что это была она. Я бил крыльями изо всех сил, пытаясь пробиться к ней сквозь поток ветра. Но когда я приподнял ее, чтобы не дать ей утонуть, я увидел, что ее глаза гаснут. Я делился с ней ветром как мог. Мы были вместе, она была так прекрасна в эти последние мгновенья. 'Мне пора, дорогой мой,' – сказала она. И я отпустил ее, смотрел, как ее суть чайки воспаряла, в то время как тело погружалось, – пока я уже не мог видеть ее."

"Ты тоскуешь по ней?"

"Это сложно для птицы – хранить образы ушедших. Разговаривая с разными людьми, я приблизился настолько близко, насколько смог... но нет, я не способен скучать по ней. Я могу лишь вспоминать ее, и это все."

"Твои дети с тобой?"

"Видишь вон там, чайка с темно-серым кольцом вокруг шеи? Это мой старший пра-пра-правнучатый племянник. А та снежно-белая – самая младшая из моих дочерей."

“Так что ты не одинок.”

“Много детей, большая семья, охотники и ловцы – мне радостно смотреть на них.”

“В моей семье есть одна традиция: мы приходим на могилы наших любимых на каждую годовщину их ухода. Чуть больше, чем через месяц будет годовщина ухода Хелен.”

“Ваши обычаи, ваши ушедшие, похороненные в землю с памятными камнями. Я видел однажды, как люди бросали сверху цветы на ящики с их безжизненными ушедшими. Ты делал так для Хелен, Джаг?”

“Я – нет... я не смог, хотя Джейн и уговаривала меня,” – сказал я.

Волна гнева поднималась во мне. Гнева на себя самого, на свою черствость, жесткость, на свой отказ принимать любовь моих детей, на мою неспособность плакать даже на похоронах собственной жены.

Я не хотел, чтобы Вик видел меня таким, поэтому я поднялся и отправился к краю пляжа... вглядываясь вдаль.

Поток воспоминаний захлестнул меня. Джейн у меня на плечах, указывает пальцем и называет все подряд. Питер в смокинге за рулем Додж Дарт машины Хелен, в день его выпускного. Я делаю Хелен предложение. Она и я в свадебный вечер. Роды Хелен. Хелен лежит на моей груди. Хелен от души хохочет над одной из моих глупых шуток, почти скатываясь с постели. Это последнее видение разбило что-то у меня внутри... и я заплакал о ней.

Я упал на колени и плакал впервые за много лет.

“Хелен, моя Хелен!”

Потом обо всех них, живших и ушедших.

Я оставался там, на берегу, ожидая, пока поток слез утихнет. Тогда я поднялся и протянул правую руку к горизонту. Я заметил, что рука больше не дрожала.

Я хотел поделиться этим с Виком, но, когда я повернулся, его уже не было.

Майкл Перротта

# 10

Я избавился от своей зависимости от календаря... и дни незаметно складывались в недели.

Погода стала меняться. Туман собирался к ночи, воздух становился прохладней, облака сменяли солнце, и пляжи начали пустеть. Остались завсегдатаи: кто прогуливался с собакой, некоторые читали книги, завернувшись в покрывала. Похоже, я стал одним из них, потому что, когда я проходил мимо, они улыбались и приветствовали меня.

Застарелый спазм в плече больше не беспокоил меня. Я спал глубоко и просыпался отдохнувшим. Я меньше ел, и мне совсем не хотелось красного мяса... только рыбы и овощей. Это не было диетой, которую я выбрал, – она выбрала меня.

Я проходил по пляжу многие мили каждый день и не утомлялся. Сердце, от которого я ожидал, что оно откажет в любой момент, окрепло. Я знал это. Я чувствовал себя сильнее, чем когда-либо за все последние годы.

И я был гораздо спокойней.

С того самого дня, когда в сумерках на пляже все мои спрятанные глубоко воспоминания поднялись и пролились слезами облегчения, как волна накатывает на песок и потом тихо отступает. Это был мой способ ходить-как-волна... один шаг, потом еще один. Все мои чувства ожили, наполняя меня ощущениями. Казалось, все вокруг было освещено, я чувствовал это всей кожей, мое дыхание стало глубже, и я почти ощущал вкус воздуха, наполненного запахами океана. И это тоже было естественным... без усилий.

~

Я не видел Вика с того самого дня. Все его дары я уже получил, так казалось, и наше время вместе заканчивалось.

Я хотел было взяться за кисти, но передумал. В прошлый раз, когда я попробовал, именно чувство беспомощности нарушило мой душевный покой. А чтобы передать то, что я сейчас переживал, нужен был талант, сравнимый с гениальностью мастеров прошлого.

Мне уже не нужно было составлять список "за и против" возвращения.

Не было больше той гордости, того упрямого желания быть независимым от семьи. Я больше не чувствовал себя в центре мира... не хотел только брать, только потреблять. Во мне было столько любви, чтобы дать моим детям и, в особенности, внукам.

Я хотел поделиться всем, чему научился у моей чайки. Для них это стало бы почти сказкой... *Однажды, когда я задремал, растянувшись на полотенце на пляже, Старик-Чайка подошел ко мне и сказал: "Привет, Человек..."*

~

Небо было затянуто облаками, но не серыми или грозящими дождем, – такое высокое белое небо от горизонта до горизонта.

Я гулял вдоль берега, чувствуя, как легкий туман оседает на моем лице, когда услышал знакомый голос: "Если бы я был высоко в небе сегодня, ты не смог бы меня заметить."

Волна радости поднялась во мне.

"О да, совсем белое небо, в самом деле."

"Ты теперь чайка?"

"Разве что без крыльев и без перьев. А ты – человек?"

"Разве что без рук и без ног."

~

"Тогда давай постараемся и пройдемся немного вместе."

"Вместе... да."

И мы пошли некоторое время в молчании.

Но я все же хотел сказать ему кое-что: "Возможно, это последний раз, когда мы гуляем вместе."

"Я полечу так близко, как смогу, Джаг, чтобы проводить тебя в этом крылатом железном корабле, что оставляет тонкие облака в небе."

"Да."

"Мне уже случалось видеть такое... пока воздух не становится совсем холодным."

"Мы называем это Рождеством."

"И это уже скоро?"

"Да."

"Когда деревья вновь зазеленеют?"

"Намного раньше этого."

"У тебя будет достаточно времени для твоих славных картин?"

"Я оставил эту затею. Не хочу снова потерять крылья."

"Я уверен, этого не случится. Не нужно бояться своего дара."

"Чего мне бояться? Моего дара не существует."

"Меня влечет только к истинным творцам, превосходным созидателям. В этом мой дар."

"Ну, в этот раз тынашел превосходно неталантливого человека."

"Это было бы странно."

"Во всяком случае, эти прогулки сами по себе созидательны, Вик... и ты подарил мне это."

"Мы просто беседовали. Я вовсе ничего тебе не подарил."

"Я все равно так благодарен тебе."

Мы снова пошли в молчании, на этот раз чуть дольше, пока Вик не прервал его: "У меня есть к тебе одна просьба."

"Что угодно, Вик... все что угодно."

"Спасибо."

"Что за просьба?"

"Ты узнаешь, когда придет время."

"Ты в самом деле не можешь сказать мне?"

"Если бы я мог, я бы сказал... но такие вещи касаются дружбы и веры. Это все, что я могу пока сказать."

"Хорошо тогда... сказано достаточно."

И с этим Вик улетел в белизну неба.

А мне вдруг стало ясно, что я не стану заказывать билет домой, пока.

Майкл Перротта

# 11

И я ждал...

Не было способа узнать, что понадобится от меня моему другу. Я положился на интуицию и на мое новое видение мира вокруг, я ходил целыми днями, мили за милями вдоль пляжа, но возвращался ни с чем.

В тот день, когда я наконец нашел его, шел легкий дождь, и я позволил каплям падать на меня, не сопротивляясь, но чувствуя радость от ощущения переменчивых потоков, теплых и как будто мягких. Пляж был пуст, только одна пожилая женщина следовала за своим лабрадором, который играл с набегающими белыми пенными волнами. Женщина кивнула и улыбнулась мне так открыто, я улыбнулся ей с ответным кивком. Момент был какой-то особенно сердечный. Я почувствовал собрата в моем путешествии. Все вокруг было так спокойно, так тихо, за исключением легкого ветра, дождя и прибоя... и человеческого соучастия.

Я сосредоточился, сфокусировал свою волю на одном желании, призывая Вика целую минуту или около того, потом отпустил эту мысль и продолжил свою прогулку.

Я прошел должно быть на две-три мили дальше на север, чем я когда-нибудь заходил.

Здесь были большие валуны и маленькие приливные озерца с морскими звездами и актиниями – морскими анемонами. Мелкие крабы перебегали по мокрому песку. А потом мой взгляд зацепился за чтото вдалеке.

Я направился туда, огибая валуны и пересекая заводи, холодная вода промочила туфли и носки, но я даже не замечал этого.

Прибой раскачивал у самого берега, как в колыбели, почти безжизненную чайку. Когда я подошел поближе, я увидел, что это был Вик, серый и серебристо-белый, комки мокрого песка прилипли к его перьям.

Я не хотел верить в то, что видел, но когда я еще приблизился, сомнения отпали. Это действительно был он.

Я позвал его: "Вик!"

И слабым голосом он отозвался: "Подойди ближе..."

Я упал на колени.

Он продолжал: "Все в порядке, мой друг... мне пора, и я хотел просить тебя побыть со мной."

Я понимал, что происходит. Было ли это тем самым, о чем он просил меня раньше?

Я сдержал рвущиеся наружу противоречивые эмоции и сумел сказать: "Скажи мне, что я должен делать, дорогой друг."

"Подними меня, пожалуйста, только осторожно."

Со всей доступной мне бережностью, придерживая его надежно левой рукой, я обхватил его снизу правой. Я чувствовал тепло его пуха и холод налипшего песка. Осторожно я поднял его, прижимая к своему тяжело бьющемуся сердцу. Песчинки осыпались сквозь мои пальцы.

"Мой воздух и песок на исходе. Все, что еще осталось, – это немного воды. Отнесешь меня туда? Очистишь мои перья от песка?"

Озерца наполнялись водой и мелели от начинающегося прилива, но все же не были достаточно глубоки, чтобы омыть и очистить моего Вика.

Я зашел в море.

"Ты должен зайти глубже, чем начинается пена, чтобы океан мог забрать меня."

"Я отнесу тебя так далеко, как только сумею..."

"Нет, дорогой Джаг, не настолько глубоко."

Я почувствовал волну поднимающихся слез и не стал их сдерживать.

"Да... вода к воде, соль к соли," – сказал он.

Я заходил в воду и чувствовал холодный, стылый ноябрьский океан, но это совсем не беспокоило меня.

"Ты не должен оставаться слишком долго. Ты все же не чайка и не рыба."

Течение пыталось оторвать мои подошвы от песчаного дна, но, думаю, мои ноги окрепли от долгих прогулок, и я надежно цеплялся ими, как корнями. Я заходил все дальше в воду, пока последняя волна не перекатилась мимо меня и все успокоилось.

Несмотря на холод воды, мое тело было странно наполнено теплом.

Вик заговорил, разрушая тишину: "Совершенный день. Я так благодарен, что ты со мной. Тебя переполняют слова, Джаг. Вдохни и дай им выйти."

Я сделал, как он просил, вздохнул как мог глубоко, и слова, именно так, как он и сказал, полились от моего сердца к его.

"Куда бы ты ни отправился, мой милый, дорогой друг, пусть там будет парение в золотистых потоках вместе с теми, кто ушел раньше и любил тебя. Пусть твой переход будет подобен полету перышка, увлекаемого ласковым ветром. И знай, что все мои воспоминания о тебе... наши прогулки вместе и все наши разговоры я передам как драгоценность в наследство своим детям и внукам, пока не придет и мое время. Моя благодарность тебе безгранична, безусловна и свободна..."

Он вздохнул последний раз, его ветер рассеивался, но в его глазах была безмятежная улыбка.

Я знал, что должен сделать.

Я позволил его телу выскользнуть из моих рук. Он остался на поверхности и невидимое течение подхватило его и стало медленно относить в море.

Я провожал его взглядом, пока не потерял из виду, тогда побрел обратно к берегу.

~

Я провел, наверное, не меньше часа под душем. Горячие струи омывали меня, но не могли смыть моей тоски.

Я совсем не хотел есть. Только спать. Я забрался под одеяло и провалился в беспамятство. Потом мои глаза вдруг открылись.

Я оделся и вышел на балкон. Меня ждал самый прекрасный рассвет из когда-либо виденных мной. Пунцовый шар, струящиеся лучи разливались на желтые, красные и пурпурные облака, занявшие добрую половину неба. Море было невероятно тихо.

Воздух был не по сезону теплым и спокойным. Я был как-то особенно осознанно бодр, мои глаза впитывали новый свет, словно он был осязаем – был чем-то, что можно ощупать и попробовать на вкус.

Я протянул руки к океану, желая, чтобы Вик ощутил мое присутствие.

Меня уже не удивляло, что мои руки не дрожали, но что действительно поразило меня – это были цветные дорожки, испускаемые пальцами моей левой руки.

Мне немедленно пришло в голову воспоминание, как моя учительница в первом классе, Сестра Кэрол, заставляет меня писать правой рукой.

"Леворукость есть знак Дьявола, и я не допущу ничего подобного в моем классе!"

Я вспомнил, как она велит вытянуть вперед мою левую руку и хлещет по ней линейкой. И мои родители принимают все это без возражений.

И с тех пор праворукость стала мне привычной (хотя в бейсболе я подаю мячи левой).

Я все смотрел на свою подсвеченную левую руку и чувствовал волну сострадания к самому себе, которое затем переросло в озарение: у меня оставался еще один подарок для моего друга.

~

Нагрузив свой рюкзак этюдником, мольбертом и свежим холстом, я отправился на место, где простился с Виком.

Утро было совсем ранним, высокие перистые облака расчерчивали легкими тенями залитый солнцем пляж.

Я взял палитру, выдавил на нее краску из нескольких тюбиков и смешал их в диковато-яркие переливы оттенков, так и просящиеся на кисть.

Все мое существо словно вибрировало в настойчивой жажде цвета. Я поднял горсть песка, смешал его с водоворотами краски, придавая ей текстуру, которой раньше никогда не мог себе представить. Я отдавался вдохновению, давал волю своей страсти.

Взял кисть в левую руку, это казалось чем-то легким и естественным. Прежде чем положить первый мазок краски на холст, я взмахнул рукой, будто в танце... все мое тело покачивалось в такт тому, что должно было случиться.

Чайка, порождающая чайку. Первой был Вик, такой, каким я видел его в последний раз, укачиваемый волнами, умиротворенный, почти призрачный, прозрачный... потом другая версия его, исходящая из первой – обретающий плотность, глаза слегка приоткрыты, крылья вот-вот развернутся; потом еще Вик, продолжающий свое восходящее движение, и наконец, последний – с широко распахнутыми крыльями, взглядом, приковывающим к себе и полным внутренней силы... раскрывающийся во всей своей полноте.

Часы прошли, но мне они казались минутами. Я смотрел на свою картину, которую можно было назвать действительно славной, пользуясь определением Вика. Но прежде всего в ней ощущалась вся моя любовь и признательность ему. Он угадал во мне эту способность и ни на миг не усомнился. Я должен был оказаться на этом месте, чтобы найти свой способ выразить, свою экспрессивность, но важно было даже не это... эта картина была не только посвящением памяти Вика, но и моим подарком всем тем, кто ее увидит.

～

В следующие шесть месяцев еще шесть картин последовали за первой.

На некоторых был Вик, другие посвящались всем чайкам, которых я встретил на своем пляже. Я узнавал многих из них по мере того, как проходили недели, я даже дал некоторым имена... хотя ни одна из них не заговорила со мной.

Чайки в общем полете, чайки ныряют вдали от берега, чайки сражаются за остатки человеческой еды, чайки в гнездах, согреваемые молодыми чайками, новые птенцы вылупляются из яиц... все написано с любовью и чувством благодарности.

Пляж стал моей студией.

И мое сердце билось ровно и сильно и не собиралось останавливаться.

~

Так пришло новое лето. Песок прогрелся, в новые симфонии складывались звуки новых семей, устраивающихся на пляже, музыка и болтовня порывистых тинейджеров, лай собак, бегущих вдогонку за летающими тарелками-фрисби и теннисными мячами.

Я наслаждался всем этим до самого конца моего пребывания там.

Билет был забронирован на самолет *Американских Авиалиний*, рейс 116 до Ньюарка. Скоро я окажусь среди тех, кто дорог мне. Может быть даже, они не сразу узнают вместо раздраженного, исполненного горечи старика, каким я покинул их, - нового меня, похожего на полный жизни поток. Человека, переполненного любовью... вдохновленного мудрым и удивительным "стариком-чайкой," который навсегда оставил след в моем сердце.